AF331545

A. M. de Labouïsse-Rochefort.

Poète, à vous ces vers que vous avez inspirés ; —
acceptez-les avec autant de bienveillance que j'éprouve
de plaisir à vous les offrir, et daignez les regarder
comme un témoignage public d'estime, de tendresse,
de reconnaissance et de respect.

J.-J. BARRAU.

Au printemps, la campagne prend des aspects d'une majesté infinie et des parfums d'une volupté enivrante.... Et l'alouette fait entendre, au matin, des chants suaves et tendres comme des cantiques.... Ecoutez cet oiseau, il chante le soleil, le printemps et l'amour....

Lélia.

Je crois à Jéhova, je crois à l'Etre immense,
Par qui tout se colore et par qui tout commence :
   Foyer de la création ;
Je crois à ce grand souffle, à cette ame inconnue,
Qui, comme un vaste éclair illuminant la nue,
   Flottait dans l'abîme sans nom.

Turquety.

Il a déployé les vastes tentures de l'univers et il y a semé les couleurs les plus variées et les plus séduisantes..... La terre, la mer et les forêts, le soleil, la lune et les étoiles sont les œuvres de sa puissance créatrice .... Il a placé comme d'énormes clous, les montagnes sur la terre, afin qu'elle demeurât affermie au dessus de l'océan...

Hymne de Saady, poète persan.

Qui pourra me distraire et consoler mon ame ?
C'est toi, présent du ciel, dont la céleste flamme,
Epure nos loisirs, subjugue nos penchans,
Divine Poésie !....

De Labouïsse-Rochefort.

Car toute poésie émane du ciel et n'est que le sentiment instinctif d'une Divinité présente à nos destinées.

G. Sand.

I.

Voici le mois de Mai — mois riant de féerie ,
Où l'aubépine éclose , où la rose fleurie ,
Exhalent leurs parfums épandus à foisons ;
Le joli mois de Mai — cet élu des saisons ,

Doté si richement de toute la nature ,
Qui lui fait des arceaux épaissis de verdure ,
Où le vif rossignol , en modulant sa voix ,
Ajoute un nouveau charme au prestige des bois ; —
Des tapis émaillés de blanches pâquerettes —
Des dômes de lilas — un fonds de violettes —
Un air frais — un ciel pur — un zéphir attiédi ,
S'embaumant en passant dans le pin reverdi ,
Et puis soufflant sur nous de bienfaisantes flammes ,
Dont s'imprègnent nos corps , dont s'avivent nos ames

Le mois de Mai que j'aime et que j'aspire encor ,
Quand le manteau des nuits scintillant de fleurs d'or ,
S'étend au firmament avec ses bleus nuages ,
Qui roulent découpés en fantasques images ,
Et se perdent bientôt pour ne laisser aux yeux
Que le feu des rubis et le calme des cieux.
Oui , je l'aime ! et surtout alors que l'on sommeille
Dans la ville muette , où , pensif — seul — je veille
A ma fenêtre ouverte à la bise de nuit ,
Poursuivant du regard l'étoile qui me luit ,
Et distrait , écoutant notre horloge qui sonne
Ou la feuille de cep qui sur mon mur frissonne ,
Comme un vent adouci qui frisotte les eaux ,
Et court mourir — plaintif — aux cimes des roseaux.

Je l'aime ce mois-là, parce que, sur ma route,
Où m'assaillent souvent l'abandon et le doute,
Tout ce qui m'est venu de fortunés momens —
De circonstance amie à remuer mes sens,
Et d'heures de délice où l'existence est pleine,
M'a soufflé dans ce mois de toute son haleine ;
Parce que ce mois-là ne saurait revenir
Sans m'apporter un jour marqué de souvenir —
Souvenir d'amitié, de tendre causerie,
De purs instans d'amour dont ma source est tarie,
Ou bien de promenade au versant du vallon,
Alors que l'églantier se courbait sur mon front.
Car tout ce qui sourit à mon ame contente,
Ce que je puis marquer d'un filet amarante,
Tout ce dont je rends grâce au Seigneur maintefois,
Tout mon bonheur enfin, m'est venu dans ce mois !...

II.

Or, cette nuit dernière —
Droit comme un saint de pierre
Qui veille aux monumens —
M'attardant à la place
Où tous les soirs je passe
De suaves momens,

Je pesais en moi-même
Tout le bonheur extrême
Qui m'a ri dans mes jours ;
Et tout à ma pensée ,
De ma route passée
Je remontais le cours.

La nuit était si belle ,
L'heure si solennelle ,
Le ciel si marqueté ,
La brise si légère ,
Et la lune si claire
Sur son lit velouté !

Qu'ainsi j'oubliais l'heure
Sonnée en ma demeure
A l'instant du sommeil ,
Et que la blanche étoile ,
En glissant dans son voile ,
Me tenait en éveil.

Le souvenir — bon ange ,
Enfant du ciel , qui change

Nos larmes en souris ; —
Le souvenir fidèle
Me berçait de son aile
En des pensers fleuris.

Et tel qu'aux temps de glace ,
L'oiseau franchit l'espace
De nos immenses mers ,
Et ne sommeille à l'aise
Qu'aux climats où s'apaise
La rigueur des hyvers ;

Ainsi mon ame avide
Fuyait le présent vide
Qui m'enserre ici-bas ,
Pour reposer encore
Sur ces jours morts que dore
Le cœur qui ne meurt pas !

III.

Et parmi ces jours-là , que mon penser caresse ,
Il en est un surtout qui revenait sans cesse ,
Gracieux et constant ;

Vous le rappelez-vous ?... Je n'oserais le croire ;
Car , quoiqu'il tienne place immense en ma mémoire ,
Ce jour pour vous sans doute est jour moins important.

IV.

C'était le *vingt de Mai* — bien je me le rappelle —
Aujourd'hui fait deux ans qu'un tout jeune homme grêle,
Gravissait lentement l'escalier qui menait
    A votre cabinet.

Or , ce jeune homme pâle , à la figure lasse
De chercher l'existence au texte de la loi ;
Ce vieillard de vingt ans , à la ride vivace ,
    Ce jeune homme était moi.

J'avais ouï souvent parler de Vous — Poéte —
Relu tous vos écrits , béni votre savoir ;
Ce n'était point assez... et mon ame inquiète
    Avait soif de vous voir.

De vous voir de bien près — d'entendre votre bouche ,
M'expliquer savamment des principes divers ,

Et relever mon cœur par cet accent qui touche
Tout lecteur de vos vers.

Je voulais admirer de près cette auréole ,
Dont un vaste génie a doté votre front ;
Et je suivais la rampe , impuissant de parole ,
Sous un penser profond.

Comme mon cœur battait !.. Enfin le sanctuaire ,
Qu'un prêtre des beaux-arts a desservi trente ans ,
Allait se dérouler , sans fard et sans mystère ,
Devant mes pas tremblans !

Et plus j'en approchais , plus ma crainte était grande
De me voir rebuté sitôt franchi le seuil.
Qui court vers un savant fait bien , s'il appréhende ,
De le voir tout orgueil.

Mais il est bien des fleurs aux têtes purpurines ,
A la feuille flexible , à la suave odeur ,
Qui livrent leurs trésors sans cruelles épines ,
Pour garder leur candeur.

Et vous êtes ainsi — Poéte ! — votre lyre
A des accens divins ou des préludes d'or ;
Mais c'est par la bonté que votre ame s'inspire
Aux cimes du Thabor.

V.

Que vite disparut cette crainte si forte ,
Qui m'avait poursuivi jusques à votre porte ;
Alors que je vous vis — alors que votre voix —
Quoiqu'elle me parlât pour la première fois ,
Que je n'eusse point dit de quel nôm je me nomme , —
Vint me prouver qu'en vous l'érudit était homme.
Vous me sentiez ému... Tout aussitôt quittant
Cet air de dignité qui vous distingue tant ,
Et revêtant pour moi cette douce parole ,
Qui nous met à notre aise et qui même console ,
Vous me dites : « Jeune homme , assayez-vous ici ;
Puis-je vous être utile ?.. exigez , me voici. »

Honnête homme ! C'est bien ainsi que dans ma tête
J'ai souvent façonné le type du Poéte ,
Cet envoyé du ciel , prodigue en sentiment ,
Qui devine la peine à l'abord seulement ,

Et garde dans son cœur une fibre sensible ,
Toute prête à vibrer sonore — inextinguible ,
A l'unisson toujours du cœur des malheureux ,
Pour lui sécher les pleurs qui naissent dans ses yeux !..

VI.

Lors je vous découvris les secrets de mon ame ,
Je vous dis mes désirs et mes pensers de flamme ,
    Je ne vous cachai rien
De cette soif de gloire , ardente , qui m'entraîne ,
Du découragement qui plus souvent m'enchaîne
    De me voir sans soutien.

Tout passa sous vos yeux — et mes nuits d'insomnies —
Et mes tristes labeurs — et jusqu'aux rêveries
    De mon cœur de vingt ans.
J'osai vous demander par quel secret mystère ,
Poétes , vous naissez les chantres de la terre ,
    Les prophètes des temps.

Et me montrant alors ce globe de lumière ,
Qui brille au firmament et qui toujours éclaire
    Le globe d'ici-bas :

« Voyez — me dites-vous — sa clarté , son volume ;
Ressentez sa chaleur — qui le meut , qui l'allume ?
        Ne le savez-vous pas ?

Ecoutez sur le mur le lierre qui frissonne ,
La brise qui bruit , et de l'aile moutonne
        La tête des grands bois —
Le grillon dans les prés , l'oiseau dans les feuillages ,
L'alouette envolée au séjour des nuages...
        Qui leur donna la voix ?..

Qui fit cette planète avec sa croupe ronde ,
Et ces plantes au front — et ces poissons à l'onde ,
        Et ces perles au ciel ?
Quel mystère étonnant fait que l'homme sommeille ,
Qu'il vit ou bien qu'il meurt ? Et qui fait que l'abeille
        Vous distille son miel ?

VII.

Quelle force motrice
A jeté ce mont , là ,

Creusé le précipice
Qui s'étend au delà ?
Alors que la mer forte
Se dépite et s'emporte,
Qui lui dit de la sorte :
« Tes bornes, les voilà ? »

Qui fait que tout gravite,
Que tout vit et s'agite
Sur terre et dans les cieux ?
Qui fait l'œil à l'orbite
Et la vue à nos yeux ;
Et puis ces fleurs sans nombre,
Ces mystères de l'ombre,
Et ces voix aux saints lieux ?

Qui donc pour cheminer en cette aride route,
Où la peine foisonne, où le malheur cailloute,
Nous a donné l'amour —
L'amour qui fait qu'une ame en une autre se verse,
Qu'un cœur endolori dans un autre déverse
Ses pleurs de chaque jour ?

Et quand il plaît au ciel de nous ravir cet être,

Qu'il nous avait donné pour un instant peut-être
De consolation ;
Afin de résister au désir de le suivre,
Qui nous inspire alors, pour nous aider à vivre,
La résignation ?

Qui nous fait l'espérance,
Pour calmer la souffrance
Et sécher tous nos pleurs ?
Qui nous dota de l'ame,
Pensante, qui s'enflamme
Et résiste aux douleurs ?

Et qui donc vous révèle,
Qu'elle est seule immortelle
De votre être mortel ?
Et qui vous porte à croire,
Qu'après cette victoire
De l'esprit éternel,

Il est un autre monde,
Où le bonheur abonde
Sans larmes et sans fin ;

Où notre bouche noie
Ses désirs dans la joie
Du calice divin ?..

VIII.

Qui ? Dieu seul ! toujours Dieu ! puissant, impénétrable
Pour vous-même et pour tous ; grand, étrange, adorable,
Qu'on sent et qu'on n'explique pas ?
Dieu ! principe de tout et fin de toute chose,
Se dévoilant à nous dans une fleur éclose,
Autant qu'en ces soleils qu'il suspendit là-bas !..

Eh bien ! celui qui fit tant de grandes merveilles,
Pour frapper les regards ou parler aux oreilles
Attentives à l'écouter ;
Celui-là qui, créant le monde, a dit : « Gravite,
Grande mer, calme-toi ! » Celui-là fit ensuite
Le Poéte pour le chanter !... »

IX.

Et vous aviez cessé que j'écoutais encore ;
Votre voix de prophète était pleine et sonore ;
Ainsi que les accords de l'orgue du saint lieu ,
Murmurant quelques chants de la grandeur de Dieu !
Il fallut vous quitter — avec peine j'y pense —
Je n'osai vous parler de ma reconnaissance ;
Mais en rentrant chez moi , le projet je formai
De fêter tous les ans LE VINGT DU MOIS DE MAI !..

J.-J. BARRAU.

20 *Mai* 1836.

Castelnaudary. LOUIS GNOC, Imp.-Lib.

www.ingramcontent.com/pod-product-compliance
Lightning Source LLC
LaVergne TN
LVHW021800030726
842523LV00003B/1127